세상에서
가장 값진 보석

김경원 시집

푸른길

세상에서 가장 값진 보석

초판 1쇄 발행 2016년 10월 7일
초판 2쇄 발행 2016년 11월 7일

지은이 **김경원** | 펴낸이 **김선기** | 펴낸곳 **(주)푸른길**

편집·디자인 **이미지뱅크** | 삽화 **조선대학교부속고등학교 3학년 3반 장우혁·정우영·이현규 외** | 사진 **최성욱 다큐감독**

출판등록 1996년 4월 12일 제16-1292호 | 주소 (08377) 서울시 구로구 디지털로 33길 48 대륭 포스트타워 7차 1008호 | 전화 02-523-2907, 6942-9570~2 | 팩스 02-523-2951

이메일 purungilbook@naver.com | 홈페이지 www.purungil.co.kr

ISBN 978-89-6291-366-8 03810

• 이 도서의 국립중앙도서관 출판시도서목록(CIP)은 서지정보유통지원시스템 홈페이지(http://seoji.nl.go.kr)와 국가자료공동목록시스템(http://www.nl.go.kr/kolisnet)에서 이용하실 수 있습니다.(CIP제어번호 : CIP2016022340)

이 책은 Daum 스토리펀딩 '널 위해 우리는 별이 될 수 있을까?'
후원자님들이 보내주신 후원금으로 만들어졌습니다.

(총 후원액 11,557,500원, 후원자 755명)

저는 조대부고 3학년 시 쓰는 김경원입니다

마음이 많이 힘든데 누군가에게 말할 수도 없고 답답해서 종이에 몇 자 쓰기 시작한 것이 제 시의 시작입니다. 시를 쓰면 마음이 편안하고 행복해집니다. 글을 쓰면 글에 빠져서 내 아픔을 잠시나마 잊을 수 있기 때문인 것 같습니다. 또 시를 읽고 공감해주는 사람들이 있어 행복을 느낄 수 있습니다.

제가 가장 힘들었을 때는 중2 때 재활원 선생님께서 부모님 얘기를 들려주셨을 때와 친구들과 어울리지 못했을 때입니다. 그때는 정말 죽고 싶기도 했지만, 힘든 시기를 시를 통해 극복했습니다. 그리고 지금은 시를 쓰는 것이 저의 일상이자 기쁨이 되었습니다.

제가 고3이 되어 맨 처음 쓴 시는 「배움」입니다. 학교 친구들은 매일 수업을 받고 열심히 공부하는데 저는 공부 수준이나 속도를 따라갈 수 없어서 많이 속상했습니다. 그래서 저는 매일매일 학교에 나와서 무엇을 배워야 할지 생각하게 되었고 그 내용을 시로 썼습니다. 그리고 그 시를 학급 친구들에게 보여주었습니다. 한 친구가 그 시를 보더니 교실 벽면에 붙여놓았고 많은 친구들이 읽고 누군가가 스티커도 붙여주었습니다. 제 시가 한 편 한 편 교실 벽면을 채워갈 때마다 보람을 느꼈습니다.

『세상에서 가장 값진 보석』이라는 시집을 선물해준 여러 친구들에게 말로 표현할 수 없는 고마움을 느낍니다. 앞으로도 사람들에게 행복과 감동을 주는 그런 시를 쓰고 싶습니다.

2016년 8월

서로를 챙기고 삶의 용기를 북돋는 학생들에게 큰 박수를

- 김경원 학생 시집 발간을 축하하며

고등학교 3학년은 학창시절 가운데 가장 힘든 시기라 할 수 있습니다. 그동안 자신이 살아온 과정도 돌아보는 시기이자 미래를 위해 극복해야 할 것도 많은 시기이기 때문입니다.

그런 힘겨운 시기에 우리 조대부고 3학년 교실에서는 한줄기 소나기처럼 시원하고 촉촉한 풍경, 한 떨기 꽃처럼 아름다운 풍경이 펼쳐졌습니다. 장애를 가지고 힘들게 살아가는 김경원 학생이 시를 쓰고 친구들이 그 시를 모아 시집을 만들겠다고 나선 것입니다. 인성 교육이니 인권 교육이니 하는 말들이 우리 학교 교실 속에서 오롯이 이루어지는 모습을 보니 참으로 대견하고 흐뭇합니다.

평생을 교육에 몸담아온 사람으로서 이보다 더 보람된 광경은 없을 것입니다. 누가 시키지도 않았는데 친구들끼리 협력하고 서로를 챙기고 살아갈 용기를 북돋는 모습에 박수를 보냅니다. 어려움 속에서도 희망의 시를 써온 김경원 학생, 친구의 재능과 진정을 알고 여러 방면으로 도울 길을 찾아낸 학급 친구들, 이런 분위기를 잘 이끌어주신 교감 선생님, 3학년 부장 선생님, 담임 선생님. 모두 고맙습니다. 자랑스럽습니다. 다시 한 번 시집 발간을 축하하고, 이러한 나눔과 배려가 앞으로도 조대부고의 전통으로 늘 자리하기를 바랍니다.

2016년 8월

조선대학교부속고등학교 교장 박영환

별꽃

김경원 군을 위하여

-나태주

밤 사이
초롱초롱
너를 생각하는 마음들

어둔 하늘
별이 되었다가
아침이면
초롱초롱
풀밭 위에 별이 되어
또다시 피었네

별
별꽃 같은 마음이여
오래오래 그 자리 피어 있거라
어두운 세상을 밝혀다오

차례

제1부 별과 같은 사람

제2부 그리운 그 이름

제3부 힘들어하는 너에게

제5부 불빛

뒷이야기

제 1 부

별과 같은 사람

별과 같은 사람1

별과 같은 사람이
될 수 있을까?

밤하늘을 밝게 비춰주는
아름다운 별

나도 어두워진 당신을 위해
저 밤하늘의 별이 될 수 있을까?

밤하늘에 떠 있는 저 수많은 별들처럼
말없이 사랑하는 사람을 지켜봐주는
그러한
별이 되고 싶다

忍耐

忍耐란 나를 成熟하게
만들어가는 과정이다

忍耐란 나를 幸福하게
만들어가는 과정이다

忍耐란 내 마음을 깨끗하게
만들어가는 과정이다

나는 그런 忍耐心을 기른다

忍耐를 하다보니 넘어질 때도 있지만
나는 다시 일어선다

어둠 속에서 방황하던
내가 밝은 빛을 볼 수 있었던 건

忍耐였음을 깨닫는다

내가 꿈꾸는 세상

당신이 그토록 바라는 세상은
어떤 세상인가요

당신이 그토록 원하는 세상은
어떤 세상인가요

내가 꿈꾸는 세상은

연필 한 자루면 시 하나
뚝딱 만들어내는 세상

시 하나로 사람들의 마음을 위로하고
공감할 수 있는 세상
그리고 사람과 사람이
서로의 인격을 존중하고
차별이 없는 세상

내가 꿈꾸는 세상은
이 세상에서 유토피아인가요

배움

월요일에는
용기를 배웁니다

화요일에는
사랑을 배웁니다

수요일에는
나눔과 절제를 배웁니다

목요일에는
배려를 배웁니다

금요일에는
미소를 배웁니다

토요일에는

행복을 배웁니다

일요일에는

성찰과 용서를 배웁니다

나의 삶은 배움입니다

겸손

김경현

자신을 낮추며 사는게
얼마나 어려운 일인가

자신을 낮추고 내 주위에
있는 사람들을 높이는게 쉽지많은 않은데

어떻게 겸손의 참 의미를
깨달을 수 있는가

연탄불 처럼 자신의 몸을 태워
남을 위해 희생한것 처럼

촛불처럼 자신의 몸을 녹여
사랑하는 사람을 위해 희생한것 처럼

겸손의 참 의미는 사랑이고
겸손의 참 의미는 남을 위해
기도하는 것이제

그가 내게 보여준 겸손을
내어줄수 있는 삶이니께

조선대학교부속고등학교

겸손

자신을 낮추며 사는 것이
얼마나 어려운 일인가

자신을 낮추고
내 주위에 있는 사람들을 높이는 게
쉽지만은 않은데

어떻게 겸손의 참 의미를 깨달을 수 있는가

연탄불처럼 자신의 몸을 데워
남을 위해 희생한 것처럼

촛불처럼 자신의 몸을 녹여
사랑하는 사람을 위해 희생한 것처럼

겸손의 참 의미는 사랑이고
겸손의 참 의미는 남을 위해 기도하는 것인데

그가 내게 보여준 겸손은
내어줄 수 있는 삶이라네

감사

나는 오늘도 감사하다네

태어나서 세상의 빛을 볼 수 있었던 것도 감사하고

이렇게 살아준 너에게 감사하고

항상 해맑게 웃어줘서 감사하며

너를 볼 수 있고, 만질 수 있고

너의 목소리를 들을 수 있어 감사하다네

그리고 이 세상 그 무엇보다 감사한 것은

혼자라고 생각이 들 때

든든한 너의 어깨를 내어 줘서 감사하며

오늘도 내일도 그리고 모레도

삶의 매 순간마다 나는 감사하며 살리라

세상에서 가장 값진 보석

세상에서 가장 값진 보석은
성공한 사람이 아닙니다

세상에서 가장 값진 보석은
공부 잘하고 말 잘하는 사람이 아닙니다

세상에서 가장 값진 보석은
배경 좋고 돈 많은 사람도 아닙니다

세상에서 가장 값진 보석은
걱정 근심 없이 잘 사는 사람도 아닙니다

세상에서 가장 값지고 아름답게
빛을 내는 보석은
세상에 단 하나뿐인 당신입니다

그런 당신이야말로
세상에서 가장 아름답게 빛나는 값진 보석입니다

마음의 불

마음의 불이 소멸한다면
우리는 어둠 속에서 방황하고
길을 잃을 수밖에 없습니다

당신이 가진 마음의 불을 밝혀두세요
그 뜨겁고 따뜻한 불로
다른 누구도 아닌
바로 당신이 살아보는 겁니다

행복한 사람

우리는 모두 행복을

멀리서 찾습니다

하지만 나에게 행복은

늘 가까이 가까이

있습니다

이렇게 내 손으로 멋진 글을 쓰고

그 글이 다른 사람에게 감동이 된다면

나는 정말 행복한 사람입니다

쓰레기

내 손으로 쓰레기를 줍는다는 건
무척 찝찝하지만

나는 오늘도 쓰레기를 줍는다

지나가는 사람은 비웃을 수 있지만
지나가는 사람은 한심한 눈으로 쳐다볼 수 있지만

내 마음은 쓰레기로 가득 찬 마음이 아닌
행복으로 가득 찬 마음이니까

열여덟 살

꿈을 이루기에는 너무 이르지만
그 꿈이 시작되기엔 딱 좋은 나이

넘어지는 것은 아프지만
백 번이고 다시 일어날 수 있는 방법을
배우기엔 딱 좋은 나이

B101

사랑의 열쇠

잠겨 있는 보물 상자를 열 수 있는 것은
그에 맞는 열쇠가 있기 때문이다

잠겨 있는 문을 열 수 있는 것은
그에 맞는 열쇠가 있기 때문이다

잠겨 있는 자물쇠를 풀 수 있는 것은
그에 맞는 열쇠가 있기 때문이다

사랑도 그렇다

누군가에게 사랑한다고 용기 내어 고백하면
잠겨 있던 보물 상자가 열리지 않을까?

누군가에게 좋아한다고 용기 내어 고백하면
잠겨 있던 마음의 문이 열리지 않을까?

누군가의 굳게 닫힌 마음이 있다면
그 문을 여는 열쇠는 바로 사랑의 열쇠이다

수화

수화는 창피한 것이 아니다
수화는 부끄러운 것 또한 아니다

수화는 우리에게는 필요하지 않지만
그들에게는 꼭! 필요하다

그들에게 수화는
의사 소통이고
하나의 관계를 맺어가는 과정이다

우리는 말로 의사 소통을 하지만
그들은 수화로 의사 소통을 한다

그러기에 수화는
창피하고 부끄러운 것이 아니라
세상에서 가장 아름답고 조용한 대화이다

편지

편지는 마음과 마음을
이어주는 다리이다

아픈 마음, 슬픈 마음,
기쁜 마음, 감사한 마음까지

그 짧은 편지글에
다 담을 수는 없지만

쓰는 마음 하나만으로
받는 마음 하나만으로

내 자신을 돌아보고
서로를 돌아보는
아주 멋진 글이다

떠돌이 견

비가 억수로 쏟아집니다
한 강아지가 비를 쫄딱 맞으며 돌아다닙니다
강아지는 무척 힘에 겨워 보입니다
나에게 오라고 손짓 발짓을 다 해봐도 오지 않고
내 품에 오라고 쭈그려 앉아 손을 내미니
손의 냄새만 맡고 어디가 그렇게 급한지
일찌감치 사라져 버렸습니다
나는 그 강아지를 찾기 위해
멀리 멀리까지 찾으러 다녔습니다

얼마 지나지 않아 그 강아지가 내 눈앞에서 보였고
나는 그 강아지가 놀라지 않게 살금살금 다가갔습니다
나는 빗물을 닦아주기 위해
가방에서 수건을 꺼내어
그 강아지의 몸을 살며시 살며시 닦아주었습니다

그리고 인근에 있는 동물병원에 찾아갔습니다

그러자 그 강아지 주인이 거기 있었습니다
강아지도 기뻐서 꼬리치며 좋아했습니다
나는 그 강아지를 수건으로 감싸
조심스럽게 주인에게 드렸습니다

나는 정말 뿌듯했습니다

하루의 시간

너와 나는
오늘이라는 시간 속에서 살아가지만

오늘을 살아가는 시간은
결코 기다림 없이 마냥 흘러간다

하루라는 그 시간은 결코 기다림 없이 흘러가고
하루라는 시간은 유독 빠르게 빠르게 흘러간다

우리는 그 시간 속을 쫓기듯 살아가지만

그 어느 것 하나도 나에겐 행복한 시간이었고
그 어느 것 하나도 나에겐 소중한 시간이었다는 걸

다시 한 번 느껴본다
다시 한 번 가슴 깊이 새겨둔다

죽음

어느 날 나는 도로에서
처참하게 죽어 있는 어린 생명을 보았습니다

어쩌나 그렇게 처참했는지
두 눈이 있어도 보기 정말 힘들었습니다

차가 다니고, 자전거가 오가는
위험천만한 도로에서
납작하게 눌려 있는 어린 생명

그 어린 생명을 살리고 싶었지만
이미 심장을 멈춰 버렸습니다

인간들의 이기심으로 인해
인간들의 욕심으로 인해

많은 생명이 죽어간다는 사실을
깨달아야 합니다

연탄불

활활 타오르는 연탄불
그 따뜻함이
온 방안에 가득하네

나는
연탄불에 감사하며
연탄불의 사랑을 배우네

그 사랑이 꺼져가도
그 따뜻함이 사라져도

나는 영원한 당신의 연탄불이
되고 싶다네

작은 나눔, 큰 사랑

사람들에게
무언가 나누어 줄 수 있다는 게
얼마나 큰 기쁨인지 다시 한 번 깨닫는다

사람들을 위해
무엇인가 도움이 될 수 있다는 게
얼마나 큰 행복인지 다시 한 번 깨닫는다

그 사람을 위해
작지만 뜨거운 사랑을 나누어 줄 수 있다는 게
얼마나 큰 축복인지 다시 한 번 깨닫는다

사람들에게
나의 환한 미소를 나누어 줄 수 있다는 게
얼마나 큰 행운인지 다시 한 번 깨닫는다

비록 나는 작은 것을 주었지만
당신은 나에게 커다란 선물을,

나는 비록 작은 사랑을 주었지만
당신은 나에게 커다란 사랑을

그런 당신에게
크게 말하고 싶습니다

감사합니다

기도

오늘은 당신을 위해
기도합니다

내 삶을 내려놓고
내 모든 상황을 내려놓고

그의 뜻대로
그의 사랑으로 기도합니다

당신은 나에게 신이 주신 선물이기에
그런 당신을 위해 기도하는 것은

내가 이 세상에 사는 동안
마땅한 의무요

그 의무 또한 하늘이 주신
축복이라고 생각하기에

나는 오늘도 당신을 위해 기도합니다

낙화

꽃 한 송이가 피는 과정은
오랜 시간이 지나야 되지만

그 꽃이 지는 것은
한순간에 불과하다네

바람이 불면
오랜 시간을 버티지 못하고

힘없이 힘없이 떨어지고

바람이 스쳐 지나가면
조용히 조용히 저버린다네

그럼에도 바람을 원망할 수 없기에
꽃은 오늘도 지고 피고를 반복하며 살아간다네

먼 산

저 먼 산을

바라보아라

저 멀리 있는 산을

내다보아라

하늘에 닿을 듯

우뚝 솟아 있는 저 산을 보아라

우뚝 솟아 있는 저 산을 보니

마치 산이 우는 듯

외로운 시간 속에 긴 침묵으로

잠들어 가네

우는 산 바라보니
저 산에 올라가고 싶어

산에 올라 울고 있는
너를 위로해주고 싶어라

눈물을 머금고 있는 저 산을 보니
그 눈물 닦아주고 싶어라

별과 같은 사람 2

별과 같은 사람이
될 수 있을까

나를 위한 별이 아닌
당신을 위한 별

밤하늘에 반짝이는 별들처럼

어둡고 캄캄한 당신의 마음에도
밝은 빛을 비춰주는 별이 되고 싶다

너의 찢기어진 상처 속에 들어가
그 상처를 치유해주는
너만의 별이 되고 싶다

그리하여 당신도 나도
아름답게 반짝이는 별이 되어

밤하늘에 빛나는 저 별들처럼
사랑하는 당신을 위해
반짝반짝 빛을 내는
내가 되고 싶다

제 2 부

그리운 그 이름

엄마에게

나에게 엄마란
부르기 가장 힘든 사람입니다

나에게 엄마란
너무나도 미운 사람 중 한 사람입니다

나에게 엄마란
이미 내 기억 속에서 사라져 버린 존재입니다

나에게 엄마란
그 이름이 너무나도 어색하게만
느껴지는 사람 중 한 명입니다

나에게 엄마란
정말 못된 사람 중 한 명입니다

하지만

가끔 아주 가끔은

엄마라는 그 이름을

불러보고 싶을 때가 있습니다

가끔은 엄마의 품에 안기어

울고 싶을 때도 있습니다

가끔은 엄마를 원망할 때도 있었습니다

또한 가끔은

엄마에게 들려드리지 못했던

이 말들을 들려드리고 싶었습니다

엄마.

감사합니다

그리고 사랑합니다

그리고 보고 싶습니다

나의 소원

똑바로 보고 싶습니다
온전한 내 눈으로
당신을 보고 싶습니다

똑바로 듣고 싶습니다
온전한 내 귀로
당신의 목소리를 듣고 싶습니다

똑바로 맡고 싶습니다
온전한 나의 코로
당신의 그 향기를 맡고 싶습니다

똑바로 말하고 싶습니다
온전한 내 입술로
당신께 사랑했다고 사랑한다고 말하고 싶습니다

똑바로 쓰고 싶습니다
온전한 내 손으로
당신께 아름다운 시 한 편 써드리고 싶습니다

똑바로 걷고 싶습니다
온전한 내 다리로
당신을 향하여 걸어가고 싶습니다

그리운 그 이름

당신의 그 이름을
부를 때면 눈물이 납니다

빗속을 헤매이다가도
당신의 이름을 부를 때면
나는 어김없이 눈물이 납니다

울지 않으려고 애를 써봐도
울지 않으려고 눈물을 감춰봐도

당신의 그 이름을 부를 때면
나는 눈물이 납니다

처음에는 그 눈물이
슬픈 음악 때문인 줄 알았습니다

하지만 알고 보니 그리운 그 이름은
슬픈 음악을 듣지 않을 때에도
어김없이 눈물이 흐르게 하는 이름이었습니다

가족이란 1

우리는 모두 가족이라고 불리우는
한 울타리 안에서 살아갑니다

내 환경이 지금 어떠하든
나의 모습이 지금 어떠하든
우리는 모두 가족입니다

비록 서로의 의견이 맞지 않아
싸우고 화내고 시기하고 질투할 때도 많지만

그것들로 인해 서로가 서로를 이해하고
배려하며 웃고 울며
서로가 서로를 아끼며 살아가기에

저에게 가족이란
사랑이고

저에게 가족이란
힘이 들 때 기대어
마음껏 울 수 있는 어깨와도 같습니다

가족이란 2

가족이란
낳아주시고
양육해주는 것만이 아니다

가족이란 꼭 부모의 피를 만나서
만들어지는 것도 아니다

가족이란 언제나 행복해야만
하는 것도 아니다

가족이란
힘들어도 사랑으로 감싸주고
사랑으로 안아주며
서로 사랑으로 보답하는 것이 바로 가족이다

엄마의 정성

과일 깎으시는 엄마의
마음은 아름답습니다

하나하나 정성껏
깎으시는 엄마

맛있게 먹는 아들의 모습만 봐도
배가 부르고

맛있게 먹는 딸의 모습에
더 깎아주고 싶은 마음이
엄마의 마음입니다

가족들과 옹기종기 모여 앉아
정성이 깃든 과일을 먹으며
오손도손 이야기꽃을 피웁니다

부러움

나는 당신이 부럽습니다
어머니가 계셔서 부럽고

아름다운 가정이
있어서 부럽습니다

나는 당신이 부럽습니다
장애가 없는 당신이 부럽고

넘어지지 않기에
부럽습니다

나는 당신이 부럽습니다
꿈이 있는 당신이 부럽습니다

삶의 목표가 뚜렷한
당신이 정말 부럽습니다

당신이 부럽습니다
정말 부럽습니다

나는 약하지만
당신은 강해서 정말 부럽고

오늘도 그런 당신을 부러워합니다

조그마한 위로 될 수 있기를

삶이란 시련의 연속입니다
삶이란 고통의 연속입니다

바람이 불어와 나를 흔들어대며
소나기가 나를 적시며

나는 그렇게 져버리고 싶었습니다
나는 그렇게 사라지고 싶었습니다

하지만 나는 살아야 했고
버텨야 했습니다

삶이란 아무것도 아니라는 걸
깨닫고서부터 나는 꿋꿋하게 살아야 했습니다

그 절망 속에서 나의 꿈을 향한 도전이 시작되고

그 꿈을 이루기 위해

나는 한없이 한없이 발버둥을 칩니다

발버둥 치는 가운데

넘어지기도 하고 쓰러지기도 하지만

그래도 일어서야 합니다

나를 응원해주는 당신이 있기에

나의 미래가 있기에

하루살이처럼

꿋꿋하게 살아야 합니다

내리는 첫눈처럼

행복하기 위해 태어난 그대
사랑받기 위해 태어난 그대

나의 사랑도 그대에게
눈부시고 고요하게 다가설 수 있기를

세상 어느 곳에 있어도
당신만을 사랑할 수 있기를

나는 녹아 사라지지만
나는 오래 머물 수 없지만

당신과 함께한 이 시간들을
영원히 영원히 간직할 수 있기를

이런 나의 기도가
하늘 끝에 닿아
우리 다시 만날 날이 있거든

하염없는 그리움으로 소복소복
그대 가슴에 안길 수 있기를

그리하여 다시 첫눈 오는 날
당신 곁에서 영원히 영원히 함께할 수 있기를

촛불처럼

당신을 위하여 태어난 그대
당신을 위하여 피어오르는 그대

나는 불에 녹아 사라지지만
나는 불에 타 사라지지만
그 촛불의 온기가 퍼지고 퍼져
온 집안이 따스한 온기로 가득한 때

당신도 내 마음을 따스한 온기로
오래오래 가득 채워주기를

혹여 따뜻한 그 온기마저도 하늘로 올라가
온 하늘에 퍼질 때

내가 받은 사랑으로, 내가 받은 온기로
사랑하는 사람들에게 베풀 수 있다면

촛불처럼 따뜻한 마음이
촛불처럼 따스한 온기가
온 세상에 퍼져 가기를
온 하늘에 퍼져 가기를

단단한 보석

너는 세상에서 단 하나뿐인
보석이 되어라

반짝반짝 빛을 내며
단단한 보석이 되어라

석공이 너의 못난 부분을 깎아내려거든
석공이 너의 못난 부분을 다듬어내려거든
꾸욱 참고 견디어내어라

그 아픈 시기만 잘 견디어내면
분명 너는 사람들에게 인정받는
다이아몬드가 될 것이다

아름다운 다이아몬드가 되기 위한 과정은
아픈 시기를 어떤 마음으로,
어떤 자세로 임하냐에 따라

깨끗하고 아름답게 다듬어진
세상에서 하나밖에 없는 다이아몬드가 되지 않을까?

그러니 주저하지 말고
너의 인생을 위해, 너의 미래를 위해
아름답고 깨끗하게 다듬어지길 바란다

똑바로 보고 싶습니다
온전한 내 눈으로
당신을 보고 싶습니다

똑바로 듣고 싶습니다
온전한 내 귀로
당신의 목소리를 듣고 싶습니다

똑바로 맡고 싶습니다
온전한 나의 코로
당신의 그 향기를 맡고 싶습니다

똑바로 말하고 싶습니다
온전한 내 입술로
당신께 사랑했다고 [illegible]

똑바로 쓰고 싶습니다
온전한 내 손으로
당신께 아름다운 시 한 편 [illegible]

똑바로 걷고 싶습니다
온전한 내 다리로
당신을 향하여 [illegible]

제3부

힘들어하는 너에게

그대로도 괜찮아

너의 모습이 어떠하든
그대로도 괜찮아

너라는 꽃은 그대로가
가장 아름답고

너라는 꽃은 그대로가
가장 멋있고

너의 환한 미소가
내게 아름다운 미소로 존재한다면

그걸로도 넌 정말 충분해
너는 어떠할지 모르겠지만

너로 인해 나는 매일 매일을
웃으며 살고

너로 인해 나는 매일 매일을
행복하게 살며

너가 내 친구인 게 정말
자랑스럽다

나는 비록 넘어지지만 너로 인해
툭툭 털어낼 수 있어 감사하며
너 또한 그대로도 괜찮다는 걸

나의 친구야

내가 힘들 때
도와주던 친구야

내가 다치면
부축해주던 친구야

내가 슬프면
다독여주던 나의 친구야

너는 세상에서 제일 친한 친구다
너는 가장 좋은
나의 친구다

너는 참 좋은 친구다

널 위한 노래

문득 혼자란 생각이 들 때

문득 어둠 속에 너 자신을 가뒀을 때

널 위한 노래를 기억해

유리상자 속에 너 자신을 가뒀을 때

어둠 속에서 너 자신을 잃어갈 때

널 위한 노래를 기억해

외롭고 슬프고 힘이 들더라도

내가 너의 곁에 함께 있어 줄게

너의 눈물 내가 닦아줄게

너의 외로움까지

힘들어하는 너에게

힘들어하는 너의 모습을 보니
나도 힘들고

추욱 처져 있는 너의 어깨를 보니
내 어깨도 무거워진다

울고 있는 너의 모습을 보니
나 또한 울고 싶고

무슨 생각을 그렇게 하니라고
한 마디만 건네고 싶지만

그게 오히려 너에게
가시가 될 것 같아 말도 건네지 못하네

힘들어하는 너에게
위로가 되지 못하지만

딱! 세 가지만 기억해

너는 나에게 소중하다는 사실

내가 네 편이라는 사실

너는 행복하기 위해 태어난 사람이라는 사실을

못다 한 이야기

오늘 동생이 못다 한 이야기를
털어놓았습니다

나도 그 이야기에 공감했기에
눈물이 났습니다

그런 동생에게 내가
해줄 수 있는 게 무엇일까

그런 동생을 위해
해줄 수 있는 말이 무엇일까

내가 하는 말에
상처는 받지 않을까
그런 생각이 많이 듭니다

그동안 나만 아프지 않았나
그동안 나만 힘들지 않았나
싶었기에

미안해서 눈물이 납니다
네가 못다 한 이야기
내가 들어줄게

체육 대회

늘 교실에 앉아 공부만 하던 친구들이
꽃이 핀 것처럼 얼굴에 환한 미소가 가득하다

응원하는 친구들도, 뛰는 친구들도
한 마음 한 뜻을 모아 뜨거운 열기로 가득하다

그 열기가 식지 않은 듯 친구들과 매점에 들러
맛있는 간식도 사서 나눠 먹고

운동장에는 친구들의 열기를 더한
응원의 목소리가 가득 울려 퍼지며

학창시절 또 다른 추억을 만들어간다

학창시절 또 다른 나 자신을 만들어간다

기억해주길

문득 힘에 겨워 눈물이 날 때
내게 기대어 울어

문득 괴롭다고 느낄 때
내게 기대어 울어

문득 혼자란 생각이 들 때
네 곁에 아무도 없다고 느낄 때
내 어깨에 기대어 울어

눈물은 나지만 그 눈물을
닦아줄 사람이 없다고 느낄 때
내가 너의 눈물 닦아줄게

그리고 기억해.

세상은 널 배신해도

나는 배신하지 않는다는 사실을

사람들은 변해도

나는 변하지 않는다는 사실을

그리고 사람들이 너에게 손가락질해도

너를 미워해도

나는 널 미워하지 않는다는 사실을

기억해주길 바라

씨앗

*도움실에서 식물 가꾸기 활동을 하면서

작고 보잘것없는
그 씨앗이 주는 행복이
내게 있다네

씨앗을 심으며
나는 조급함을 떼어 버리고

인내와 사랑으로
한 생명을 아끼며 살아간다네

혹여라도 비바람이 불면
씨앗이 날아갈까 두려워
두 손으로 비바람을 막아도 보고

혹여라도 햇볕이 따가워
수분들이 흩어질까 두려워
시원한 물을 뿌려주며

하루, 이틀, 나흘

그리고

한 달의 기다림 끝에

흙 속에서의 긴 시간이 두려웠던 듯

어느새 싹에서 꽃봉오리로 자라고

드디어

아름다운 생명이 피어났다네

봄 선생님

안개꽃처럼
심(心)이
하얗고 깨끗한 선생님

봄처럼 그 꽃 향기마저도
향긋하다네

안개꽃의 향기와
봄의 향기가 어우러져

내 마음에 웃음꽃이 피네

변은주 선생님

변함없는 눈빛으로
학생들을 지도하시는 선생님은

밤하늘에 펼쳐진 **은**하수 별과 같네

주로 나에게 환한 별빛으로 웃어주시니
나는 그런 선생님을 존경합니다

2014년 4월 16일

*4·16 세월호 참사 2주기

어느 날 문득 멈춰버린 시간

차디찬 바다 속에 잠겨버린
꽃다운 청춘들

우리는 그 꽃들을
못다 핀 꽃이라 부른다

팽목항 앞에서
딸을 애타게 기다리고

차가운 바다를 바라보며
아들의 이름을 울부짖으며 불러보지만

바닷물만 오고 갈 뿐
바람이 그를 스쳐 지나갈 뿐

아무도 오지 않는다
그렇게 4월 16일은
세월호 안에 멈춰 있다

우리들의 약속

*4·16 세월호 참사 2주기

우리에게는 어른들이 모르는
아름다운 꿈들이 있었습니다

우리에게는 어른들이 모르는
귀중한 꿈들이 있었습니다

우리에게는 당신들이 모르는
소중한 약속이 있었고

우리에게는 당신들이 모르는
찬란한 세계가 있었습니다

하지만 우리의 꿈은
우리의 희망은
차가운 바다 속에
파묻혀 버렸습니다

우리의 소중한 약속
우리의 찬란한 세계가
모두 저 바다 속에 하나 둘
매장되어갑니다

저 차갑고 어두운 바다 속에
우리들의 소중한 약속들이
하나 둘 지려 할 때
우리의 마음도 다급해집니다

기억 교실

*4·16 세월호 참사 2주기

학교에 나와
의자에 앉아보니

내 옆에는 아무도 아무도
없더이다

교실에서 나와 복도를
걸어보니

내 곁에 아무도 아무도
없더이다

친구들의 웃음소리,
선생님의 수업 소리
그리고 책상 움직이는 소리
이제는 아무것도 들을 수 없더이다

그렇게 단원고등학교 교실에는
멈춰버린 시간 속에
꽃피우지 못한 추억들로 가득하더이다

팽목항의 기도

*4·16 세월호 참사 2주기

우리는 오늘도 당신을 위해
기도합니다

팽목항 앞에 나와 노란 리본을
가슴에 달고

오늘도 세월호 안에서 잠자고 있는
당신을 위해 기도합니다

팽목항 앞 바다를 바라볼 때면
파도 소리에 귀를 기울일 때면

또다시 참고 있던 눈물이
비 오듯 쏟아집니다

당신의 이름을 하나하나 부를 때
자꾸자꾸 가슴이 메어옵니다

오늘도 당신을 위해
팽목항 앞에서 간절히 기도합니다

엄마의 마음

*4·16 세월호 참사 2주기

배가 서서히 침몰합니다
엄마의 마음은 다급합니다

아름다운 꽃들이 진도 앞바다에
그대로 묻히면 어쩌나 마음을 졸입니다

한 송이씩 한 송이씩 꽃들이 져갈 때
엄마는 무릎을 꿇을 수밖에 없습니다

한 명씩 한 명씩 딸의 이름이
흰 종이에 적힐 때
눈물이 흐르는 건 아마 마찬가지일 겁니다

엄마의 마음은 그렇습니다
지켜주지 못한 딸에게 미안하고
그런 딸 곁에 있어주지 못해 정말 미안합니다

그리고 엄마는 오늘도 밤하늘을 보면서
별이 되어버린 딸의 이름을 애타게 부릅니다

비

비가 내립니다
하늘에서 비가 내립니다

창가에 앉아 밖을 내다보니
우산을 쓰고 뛰어가시는
선생님이 보입니다

친구들은 비에 아랑곳하지 않고
공부에만 열중합니다

철봉에 걸린 빗방울을 보니
구슬처럼 하나둘 바닥에 떨어지고

비에 젖은 꽃들은 내 눈에
신비롭게만 보입니다

시들어가는 저 꽃들은
비에 힘을 얻고 천천히 천천히
살아납니다

별들의 노래

*교내 5·18 민주화운동 기념식에 참석한 후

별들은 오늘도 노래한다

반짝반짝 빛을 내며
자신의 색깔로 노래한다

나는 별들의 노랫소리를
귀담아 들으며
서글픈 눈물만 가득하다

나라를 위해 존재하는 군인들이
국민을 지키기 위해 존재하는 군인들이

군복으로 무장하고
연약한 별들을 향해 몽둥이를 휘두른다

그 어둠 속에서도
자유를 위한 목소리가
온 세상에 퍼져 간다

멀리멀리 밤하늘 끝까지 퍼져 간다

너와 나

너와 나는 태어난 곳이 다르고

너와 나는 가정의 구조도 다르지만

너와 나는 그냥 친구다

너와 나는 신체 조건, 얼굴 형태 다 다르고

어느 나라에서 살다 왔든

너와 나는 그냥 친구다

행복했던 추억, 행복한 이별

오랫동안 같이 생활하고
같이 웃고, 같이 울며
부족한 게 있으면 그 부족함을 채워주고
서로 안아주며, 서로 감싸주는
다정했던 지난날들이 모두 돌이킬 수 없는 추억이 되어 버렸다

서로 다투기도 했었고, 서로 미워하기도 했지만
오히려 참고 인내하는 내가 될 수 있었고
가족이라는 울타리 안에서 행복, 나눔, 사랑 그리고 우리
그리고 미소라는 단어가 존재했다

이제는 이 모든 추억들을 뒤로한 채
세상을 내딛는 첫 발걸음이 시작되고
이 슬픔에 억눌려 이별이라고 하는 이 아픔이 점점 쓰라려 온다

지난날은 되돌아갈 수 없기에

더 많이 아파하고 더 많이 슬퍼하며

이제는 또 하나의 추억이 되고

또 하나의 행복했던 시간들이 되었으며

매 순간 순간마다 이 모든 행복했던 시간이 추억이 되어 흘러간다

제4부

때로는

지우개 1

나의 마음을 깨끗하게
지울 수 있는 지우개가 있었으면 좋겠다
그동안 너무 괴롭고 힘들었던
시간들을 지울 수 있는 지우개가 있었으면 좋겠다

안 좋은 추억들을 지울 수 있는
지우개가 있었으면 좋겠다
친구를 미워했던 그 마음까지
지울 수 있는 지우개가 있었으면 좋겠다

지우개로 이러한 마음들,
생각들을 깨끗하게 지웠으면 좋겠다

Ain

지우개 2

네가 하는 말에
나는 언제나 상처를 받아

그 상처가 크든 작든
나는 그 상처를 감추기 위해
웃으며 웃으며 넘어가지만

가시에 박힌 듯
문신처럼 새겨진 그 상처는

사라지지도 없어지지도
그리고 지워지지도 않아

그 상처는 감당하기
힘들 때가 정말 많고

어릴 적 내 아픈 상처를
다시 끄집어내는 것조차
힘에 겨워도

그래도 그 상처를
깨끗하게 지울 수 있는
지우개가 있다면

그 지우개로
깨끗이 깨끗이 지우고 싶어

깡통

나는 깡통이라네
어둠 속에서 방황하는 깡통이라네

사람들의 발에 차이고 밟히며
구겨지는 나는 하찮은 깡통이라네

내용물이 텅 비면
쓸모없다는 듯
길가에 버려지고

버려진 나는 바람에 의해
데굴데굴 굴러다니는 깡통이라네

데굴데굴 굴러다니다가도
어느새 멈칫!

또 데굴데굴 굴러다니다가도

어느새 멈칫!

오늘도 나의 인생은

데굴데굴 굴러다니는 깡통 같은 인생이라네

잡초

오늘도 나는
누군가에 의해 밟히고

오늘도 나는
누군가에 의해 뿌리째 뽑히며

오늘도 나는
사람들의 침을 맞는 잡초라네

나는 그저 자연의 순리대로 살아갈 뿐이지만

오늘도 나로 인해
아름다운 꽃들이 무럭무럭 자라지 못하며

오늘도 나는
쓸모없는 존재가 되어 버렸다네

바람도 나를 스쳐 갈 뿐
오늘도 나는 외로운 시간만 가득한 서글픈 잡초라네

때로는

때로는 삶이 힘들어
모든 것을 포기하고
싶을 때가 있습니다

때로는 마음이 아파서
모든 것을 내려놓고
싶을 때가 있습니다

때로는 삶이 지쳐서
모든 현실을 부정하고
싶을 때가 있습니다

때로는 너무 슬퍼서
홀로 울고 싶을 때가
있습니다

때로는 너무 힘들어서
옥상에 혼자 올라가 뛰어
내리는 꿈을 꿀 때도
있습니다

때로는 너무 아파서
잠을 자면 깨어나기
싫을 때가 있습니다

때로는 많이 괴로워
극단적인 선택을 할 때도
있었습니다

그 선택이 지금 이 순간
현실이 되었으면 좋겠습니다

그 꿈들이 지금 이 순간
현실이 되었으면 좋겠습니다

눈물

나는 오늘도 혼자 있고 싶습니다
사소한 말다툼으로 인해
나의 마음은 상처투성이가 되어
지금은 되돌리기가 힘이 듭니다

괜찮아 시간이 지나면 나아지겠지
괜찮아 시간이 지나면 잊혀지겠지라고

믿었던 그 마음조차도
힘에 겨운 듯 울분을 토해냅니다

음악으로 내 감정을 추슬러보지만
음악으로 내 마음을 감추어보지만
나는 어느새 눈물로 가득합니다

옥상에 혼자 올라가 별들을 보니
엄마를 그리워하듯

갑자기 꾸욱 참았던 그 눈물마저
왈칵하고 쏟아져 내립니다

미움받을 용기

우리는 세상을 살아가다 보면
많은 사람들을 접하게 된다

세상에는 나를 사랑해주는 사람,
나를 행복하게 해주는 사람,
나를 위해서라면 무엇이든 해줄 수 있는 사람만
존재하는 것은 아니다

나를 싫어하고 미워하며
내게 좋지 않은 말로 상처를 주거나
혹은 놀리는 사람 또한 많이 있다

하지만 인간은 세상에 의해 변화되고
변화한 만큼 조금더 성숙해지며

아무리 어려워 보이는 관계일지라도
우리는 자유롭고 행복한 삶을 위해
미움받을 용기가 꼭! 필요하다

연필이 되어라

연필이 되어라
세상에 단 하나뿐인
연필이 되어라

한 글자 두 글자
쓸 때에도
닳아지지 않는 연필이 되어라

하이얀 종이에 정성 한가득
시 한 편 써내려가는
연필이 되어라

짧았던 나의 추억과
순전했던 나의 사랑을
시 한 편으로 써내려거든

세상에서 가장 아름다운
글씨체로 멋진 시를 쓰게끔
도와주는 연필이 되어라

제5부

불빛

야경

당신은 아름다운 야경입니다

당신을 보기 위해
나는 오늘도 언덕을 오릅니다

온 세상이 불빛으로 가득할 때
나는 그 불빛 속에서 아름다움을 느낍니다

온 세상이 어둠에 잠겼을 때
나는 그 어둠 속에서 유난히 밝게 빛나던
당신을 보았습니다

세상 빛이 바다 위에 비춰져
그 불빛들이 하나가 될 때

그 야경들은 나를 위함이 아니요
바로 당신을 위함입니다

우리의 만남은 마치 야경을 보는 듯
낮에는 사라지고 밤이 되어야 밝게 빛나는
그런 만남이 아닌가 싶습니다

사랑하는 사람 앞에서

사랑하는 사람 앞에선
꽃이 되고 싶습니다
당신 곁에서 나의 향기를
나누어 주고 싶습니다

사랑하는 사람 앞에선
연탄불이 되고 싶습니다
당신 곁을 따뜻하게 데워주는
연탄이 되고 싶습니다

사랑하는 사람 앞에선
별이 되고 싶습니다
당신 곁을 지켜주는
별이 되고 싶습니다

사랑하는 사람 앞에선

첫눈이 되고 싶습니다

당신과 처음 만나

아름다운 눈을 바라보며

사랑한다고 고백하던

우리의 추억을 되돌리고

싶습니다

튼튼히 선 한 그루 나무처럼

비바람을 견뎌내고

조약돌처럼 깨끗하고 단단했던

우리의 사랑을 기억했으면 좋겠습니다

사랑하는 그대

그대를 보고 있으면
나는 얼굴이 사과처럼
빨개져요

그대를 보고 있으면
나는 심장 박동수가
빨라져요

그대를 보고 있으면
내가 당신을 사랑한다는 걸
느껴요

그대에게 고백을 하면
내가 당신을 좋아한다는 걸
느껴요

그대의 미소를 보고 있으면
나도 절로 미소가 지어져요

그대를 보고 있으면
난 그대의 마음속에
들어가고 싶어요

그대여 나를 진심으로 좋아해줘요
그대여 나를 꼬옥 안아줘요

나도 그대를 진심으로 사랑할게요
나도 그대를 지켜줄게요
나도 그대를 행복하게 해줄게요

그대여 진심으로 진심으로
나를 사랑해줘요
나도 진심으로 진심으로
그댈 사랑할게요

참사랑

아름다운 사람은
누군가를 사랑할 때 가장 아름답다

서로를 사랑함으로
자신의 부족함을 보완해가고

서로를 사랑함으로
서로가 서로를 이해하며 존중해가는

참사랑의 의미

나 또한 참사랑으로
당신을 사랑하며 살아가고 싶다

한결같은 참사랑으로
당신의 곁에서

영원토록 당신만을
사랑하고 싶다

당신의 별, 그대의 별

그대라는 별을 만나
오늘도 난 미소 짓고
그대라는 별을 만나
오늘도 난 행복해져

매일을 당신이라는 별을 위해 살고
매일을 당신이라는 별을 위해 미소 짓고
또 매일을 당신이라는 별을 위해 기도하며
당신을 행복하게 해주는 별이 될게

당신과 함께했던 행복한 추억
당신과 함께했던 즐거운 추억들을
내 마음 깊은 곳에 새겨놓고 잊지 않을게

별아 별아 그대의 별아
내 마음속에 들어와서
영원히 내 곁에, 내 옆에, 내 뒤에 항상 있어주길 바라

사랑해서

거름은 한 생명에게
꽃을 틔울 수 있도록 도와주는 양분이 되지만
그것 또한 사랑하기 때문이라네

누군가의 희생이
이렇게 아름다운 꽃을 피우고
누군가의 양분이 또 다른 누군가에겐
큰 힘이 되었다면
그것 또한 사랑하기
때문이라네

사랑은 꽃을 틔우기 위한 과정이고
그 꽃을 틔우는 재료 또한 사랑이라네

그러한 과정들이 나를 비록 넘어지게
만들지만
그러한 과정들이 비록 나를 쓰러지게
만들지만

당신을 사랑해서
나는 오늘을 살아간다네

아름다운 선물

당신은 나에게
아름다운 선물이다

당신을 만나
사랑을 알게 되었고

당신을 만나
매일 이렇게 웃을 수 있게 되고

당신을 만나
행복이란 뜻을 알게 되며

당신을 만나
삶을 사는 법을 배워간다

넘어지면 끝까지
일어서려는 의지가
당신을 더 아름답게 한다

사랑합니다

당신을 처음 만났던 것은
하늘이 주신 인연이요

당신을 선택한 것
또한 하늘이 주신 운명이며

당신을 사모하는 것은
내게 커다란 축복이고

그런 당신을 사랑하는 것은
내가 받은 선물 중 가장 커다란 선물이며

당신을 위해 기도하는 것은
하늘이 내게 주신 사명이요

나는 그 하늘의 뜻을 따라
당신을 사랑합니다

당신과 함께한다는 것은
나에게는 가장 값진 보석과 같습니다

뒷이야기

솔직함은 마음의 가장 좋은 능력입니다

나태주 시인

김경원 학생의 글을 펼쳐 읽어 보았습니다. 60여 편의 시. 적지 않은 양입니다. 쉽고 평이한 문장으로 쓰여진 작품이었습니다. 언뜻 보기에는 자기 하소연 같기도 하고 일기의 한 변형 같기도 한 글이었습니다.

그러나 한두 편 읽으면서 지은이의 마음이 전달되어 나의 마음도 덩달아 따스해지는 걸 느꼈습니다. 이것은 매우 중요한 일입니다. 시가 아무리 아름다운 언어로 짜임새 있게 써졌다고 해도 읽는 이의 마음을 움직일 수 없으면 그야말로 그것은 울리지 않는 꽹과리와 같기 때문입니다.

더구나 김경원 군의 시들은 솔직하고 담백한 표현법을 가졌습니다. 세상에서 가장 좋은 힘은 정직함의 능력이고 솔직한 마음 그것입니다. 시에서는 이를 '진정성'이라고 말합니다. 그야말로 진정성 있는 시는 독자를 울리는 힘을 가졌습니다. 무어네, 무어네 그래도 시는 사람을 감동시켜야만 합니다. 감동시키는 데에는 진정성이 최고라는 말입니다.

전혀 자신의 내면을 감추지 않았습니다. 이 점을 먼저 칭찬해주고 싶습니다. 그만큼 이 학생은 겉으로는 약해 보일지 몰라도 속으로는 옹골찬 마음을 갖고 있다는 증거가 아닌가 싶습니다. 더러는 매우 아름다운 표현도 눈에 보입니다. 이 점이 바로 앞날에 대한 기대와 가능성을 점치게 합니다.

학생 자신 서문에서도 밝혔듯이 시는 자기 자신의 감정을 위해서 씁니다. 자신이 위로 받고 싶고 자신의 힘든 마음을 밖으로 드러내어 그것(힘든 마음)으로부터 해방되고 싶어서 시를 씁니다. 그런 점에서 시는 실용품이고 현실적인 필요에서 쓰여지는 것(인간행위)입니다.

그것을 이 학생은 이미 알아버렸습니다. 시를 앞에 두고서는 그 무엇보다도 귀중한 것을 알게 된 것이지요. 그렇다면 이 학생은 앞으로 시 쓰는 일을 쉽게 그만두지 못할 것입니다. 아니 그만두지 말아야 합니다. 분명 이 학생에게 시는 함께 길을 가는 동행인이 될 것이고 위로해주고 격려해주고 응원해주는 이웃이 되어줄 것입니다.

「연탄불」이나 「별과 같은 사람」과 같은 작품은 살짝 기성시인의 냄새가 나기도 합니다. 그러나 그것은 문학청년이 시를 배우면서 거쳐 가는 하나의 경로와도 같습니다. 오히려 나에게는 다음과 같은 글들이 감동을 줍니다. 감동은 마음의 움직임입니다. 그것은 마음의 힘이기도 합니다. 감동은 삶의 힘을 주기도 합니다. 그러므로 감동은 매우 중요한 것이고 힘센 마음의 작용입니다.

함께 읽어보겠습니다. 지은이 또한 내가 왜 이 글을 읽고 유독 감동을 받았다고 말하는지 곰곰이 생각해볼 필요가 있습니다. 의외로 자기의 길은 자기한테서 나옵니다. 또한 자기 글의 가능성(또는 앞으로 열린 길)은 자기 글 속에 숨어 있다는 걸 알아야 합니다. 김경원 군. 그대의 글은 솔직담백하고 힘이 있어 좋습니다. 내면(마음)의 온갖 그림자(감정)들을 숨김없이 드러낼 줄 아는 그대의 용기를 축하합니다. 이러한 용기와 솔직담백함이 그대에게 좋은 날을 열어줄 것입니다. 지치지 말고 계속해서 시를 쓰기 바랍니다. 글을 쓰되 너무 다른 사람의 글을 부러워하지 말고 자기 글을 꾸준히 쓰기 바랍니다.

미래의 참 좋은 시인, 김경원 군의 시를 읽은 것을 고맙게 여기면서 그대의 앞날을 위해 기도하고 응원합니다. 김경원 군, 파이팅! 다음은 나에게 감동을 준 김경원 군의 시작품입니다.

나에게 엄마란/ 부르기 가장 힘든 사람입니다// 나에게 엄마란/ 너무나

도 미운 사람 중 한 사람입니다// 나에게 엄마란/ 이미 내 기억 속에서 사라져 버린 존재입니다// 나에게 엄마란/ 그 이름이 너무나도 어색하게만/ 느껴지는 사람 중 한 명입니다// 나에게 엄마란/ 정말 못된 사람 중 한 명입니다// 하지만/ 가끔 아주 가끔은/ 엄마라는 그 이름을/ 불러 보고 싶을 때가 있습니다// 가끔은 엄마의 품에 안기어/ 울고 싶을 때도 있습니다// 가끔은 엄마를 원망할 때도 있었습니다// 또한 가끔은/ 엄마에게 들려드리지 못했던/ 이 말들을 들려드리고 싶었습니다// 엄마./ 감사합니다/ 그리고 사랑합니다/ 그리고 보고 싶습니다

– 「엄마에게」

나는 당신이 부럽습니다/어머니가 계셔서 부럽고// 아름다운 가정이/ 있어서 부럽습니다// 나는 당신이 부럽습니다/ 장애가 없는 당신이 부럽고// 넘어지지 않기에/ 부럽습니다// 나는 당신이 부럽습니다/ 꿈이 있는 당신이 부럽습니다// 삶의 목표가 뚜렷한/ 당신이 정말 부럽습니다// 당신이 부럽습니다/ 정말 부럽습니다// 나는 약하지만/ 당신은 강

해서 정말 부럽고// 오늘도 그런 당신을 부러워합니다
–「부러움」

과일 깎으시는 엄마의/ 마음은 아름답습니다// 하나하나 정성껏/ 깎으시는 엄마// 맛있게 먹는 아들의 모습만 봐도/ 배가 부르고// 맛있게 먹는 딸의 모습에/ 더 깎아주고 싶은 마음이/ 엄마의 마음입니다// 가족들과 옹기종기 모여 앉아/ 정성이 깃든 과일을 먹으며/ 오순도순 이야기꽃을 피웁니다
–「엄마의 정성」

장애는 능력이다

오대교(시인, 조대부고 퇴임 교사)

1. 들어가는 말

김경원은 인문계 고등학교 특수학급에서 공부하는 장애 학생이다. 시설에서 살며 나이는 19세, 고3이다. 중학교 3학년 때부터 취미 삼아 시를 쓰기 시작해서 오늘에 이르렀다.

2. 장애를 극복하는 미다스(Midas)

고2 때 쓴 시를 살펴보자.

> 꿈을 이루기에는 너무 이르지만
> 그 꿈이 시작되기엔 딱 좋은 나이
>
> 넘어지는 것은 아프지만
> 백 번이고 다시 일어나는 방법을
> 배우기엔 딱 좋은 나이
>
> –「열여덟 살」 중에서

'열여덟 살'은 '꿈이 시작되기엔 딱 좋은 나이'라고 노래한다. 그리고 장애인으로 살면서 '넘어지는 것은 아프지만', '백 번이고 다시 일어

나는 방법을 배우'는 자아를 찬양한다. 말이 그렇지 백 번이고 다시 일어난다는 것이 어디 쉬운 일인가. 장애를 극복하고자 하는 시적 자아의 처절한 노력이 눈물겹다.
그리스 신화에 나오는 미다스(Midas)는 이 세상의 모든 것을 황금으로 변화시키는 신비한 능력을 갖추고 있었다. 미다스가 손을 대면 하찮은 돌멩이도 귀한 황금으로 변했다. 그는 장애를 가지고 살지만 절망하지 않고, 오히려 장애를 극복하는 꿈을 꾼다. 미다스처럼 나쁜 것을 좋은 것으로 변화시킬 그날을.

3. 사람의 가치를 아는 휴머니스트(Humanist)

우리는 사람이다. 사람은 사람과 함께 산다. 함께 먹고 마시고 자고 일하며 관계를 형성한다. 그도 마찬가지다. 그렇다면 이제까지 관계를 맺어온 다른 사람들을 어떻게 생각할까?

> 세상에서 가장 값진 보석은
> 성공한 사람이 아닙니다
>
> 세상에서 가장 값진 보석은
> 공부 잘하고 말 잘하는 사람이 아닙니다
>
> 세상에서 가장 값진 보석은
> 배경 좋고 돈 많은 사람도 아닙니다
>
> -「세상에서 가장 값진 보석」 중에서

그렇다. 사람보다 아름다운 존재가 어디 있을까? 내놓을 것 없는 하찮은 사람이라도 이 땅에 존재한다면 아름다운 빛을 발하는 보석이라고 노래하는 그는 진정한 휴머니스트(Humanist)이다.

4. 아름다운 세상을 꿈꾸는 로맨티시스트(Romanticist)

사람은 누구나 아름다운 세상을 꿈꾼다. 살아온 환경과 지향하는 삶의 목표에 따라 꿈꾸는 세상은 다른 모습으로 표출된다. 그렇다면 그가 꿈꾸는 세상은 어떤 세상일까?

> 내가 꿈꾸는 세상은
>
> 연필 한 자루면 시 하나
> 뚝딱 만들어내는 세상
>
> 시 하나로 사람들의 마음을 위로하고
> 공감할 수 있는 세상
>
> －「내가 꿈꾸는 세상」 중에서

장사꾼, 연예인을 꿈꾸지 않는다. 정치인, 운동선수, 농사꾼을 꿈꾸지도 않는다. 오직 연필 한 자루 들고 시 한 수 뚝딱 쓰는 시인을 꿈꾼다. 그리고 자신이 쓴 시를 읽는 사람들이 위로받는 세상을 꿈꾼다. 다시 말하면 시로 소통하는 세상을 꿈꾸는 것이다. 시로 대화하고, 시로 사랑을 노래하는 아름다운 세상이 열리는 날은 언제 올까? 단언컨대 그는 로맨티시스트(Romanticist)이다.

5. 근원에 대한 노스탤지어(Nostalgia)

어머니는 근원(根源)이다. 근원은 노스탤지어(Nostalgia)를 불러일으킨다. 어머니와 관련하여 쓴 시를 살펴보자.

나에게 엄마란
부르기 가장 힘든 사람입니다

나에게 엄마란
너무나도 미운 사람 중 한 사람입니다

나에게 엄마란
이미 내 기억 속에서 사라져 버린 존재입니다

나에게 엄마란
그 이름이 너무나도 어색하게만
느껴지는 사람 중 한 명입니다

– 「엄마에게」 중에서

장애를 가진 그는 세 살 때 부모와 이별했다. 그리고 이제껏 아픔을 가지고 살아왔다. 아픔이 없는 사람이 어디 있겠는가마는 그의 아픔이 더 커 보이는 것은 인지상정이리라. 한때 그는 얼굴마저 기억나지 않는 어머니를 '정말 못된 사람 중 한 명'이라고 원망했지만, 이내 원망을 사랑으로 바꾼다. 왜 바꿨을까?

그것은 근원에 대한 동경 때문이다. 그리고 동경은 노스탤지어를 불러일으킨다. 다시 말하면 어머니인 근원에 대한 노스탤지어가 이토록 절절한 사모곡(思母曲)을 부르게 한 것이다.

6. 장애는 능력이다

김경원의 시는 세련된 시가 아니다. 상징도 은유도 함축미도 약하다. 마술사와 같은 언어 기교도 부릴 줄 모른다. 하지만 그의 시에는 울림이 있다. 끝까지 읽게 하는 흡인력이 있다. 끝내 고개를 끄덕이게 하는 매력이 있다.

그는 주변의 사물과 대상으로부터 의미를 끌어내는 데 능하다. 보잘것없고 부조리한 것이라 할지라도 기꺼이 끌어안고 몸부림치면서 아름다운 의미를 추출한다.

김경원의 그 무엇이 이런 시를 쓰게 하는 것일까?

장애는 부끄러운 것이 아니다. 극복해내야 할 과제이다. 그는 분명 장애를 극복하고 있다. 극복의 증거로 이토록 진주처럼 아름다운 시를 쓰고 있다. 누군가 말했다. 장애는 또 다른 기회의 능력이라고. 그렇다. 장애는 능력이다.

짙은 그림자가 지향하는 빛의 세계

경원이가 쓴 시들이 책으로 나오게 되었습니다. 가장 먼저 시집을 내게 된 경원이와, 경원이를 도와 책이 나오기까지 힘써 준 담임 선생님, 그리고 많은 경원이 또래의 친구들에게 감사의 인사를 하고 싶습니다. 누구도 생각하지 못했기에 더욱 특별한 시집이 될 것이 틀림없기 때문입니다.

어떤 사람들이 보기에는 이 시집이 경원이가 썼기 때문에 특별하게 보일지도 모릅니다. 몸이 불편한 친구가 썼기 때문에 주목을 받는 것이라고, 다소 시니컬하게 받아들일 사람들도 있을 것입니다. 경원이의 시는, 함축적이지도 않고, 아름답고 다양한 비유가 담겨 있는 것은 아닙니다. 기교적으로 보았을 때 거칠기도 하고, 정제되지 않은 채 감정들이 폭발적으로 뒤엉키기도 합니다.

잠시 다른 이야기를 해보겠습니다. 이 시집은 크게 다섯 개의 부로 이루어져 있습니다. 희망과 사랑, 애정으로 가득한 시집 전체에서 유독 이질적인 부가 있습니다. 바로 상처에 대해 이야기하는 네 번째 부가 그것입니다. 우리들은 네 번째 부를 쉽게 지나칠 수 없습니다. 그곳에 담긴 이야기들은 우리들이 알게 모르게 경원이에게 주었던 상처들이 반영되어 있기 때문입니다. 같은 사람이 지은 시라고 볼 수 없을 정도로 이질적인 부분입니다.

빛이 밝으면 그림자도 그만큼 짙다는 표현을 우리는 자주 사용합니다. 어쩌면, 여러분들은 경원이의 평소의 밝은 모습 속에 숨겨져 있는 상처들을 보게 된 것인지도 모릅니다. 경원이를 가까이에서 지켜본 사람들이라면, 티 없이 맑고 행복해 보이는 소년에게 이런 어두운 세계가 있을 것이라고 생각하기 어려울 것입니다. 경원이의 아픔과 상처에 공감하고, 동정하는 마음을 가지게 되는 것은 인간이라면 당연히 그러한 마음일 것입니다.

그러나 저는 이 시집을 읽고 난 여러분들이 조금 바꾸어서 생각하시기를 바랍니다. 경원이가 오히려 짙은 그림자 속에서 있었기에, 그만큼 더 큰 빛을 지향하고 품어낼 수 있는 존재가 되었다고 말입니다. 그리고 곰곰이 시를 되새김질한다면 우리들이 얼마나 큰 사랑을 받으며 살아가고 있는지를 보여주고 있음에 감사해야 할 것입니다. 경원이는 이 시들을 통해서 우리가 가지고 있는 빛들에 대해서 알려주었습니다.

이제 다시 경원이의 세계를 살펴봅시다. 여기에 실린 시들은 순수하고 정제되지 않은 표현들, 직선적인 비유, 강렬한 외침이 되어 경원이의 마음을 그대로 우리에게 전해주고 있습니다. 경원이의 시들은 화자가 바라보는 세계에 대한 인식과, 그에 대한 자신만의 치열한 대응과 고민의 흔적이 반영되어 있습니다. 다른 사람들과 조금 다른 것

뿐이지만, 무언가 '잘못된' 사람처럼 대하는 세상에 대한 고발이 담겨 있고, 그 속에서 아파했던 경원이의 마음이 함께 담겨 있습니다. 그러나 그는 우리들을 원망하지 않습니다. 오히려 그러한 상황 속에서도 더 큰 사랑을 이야기하고, 희망과 감사의 마음에 대해 노래하고 있습니다.

결국, 경원이의 시는 우리들에게 살아가는 방법을 이야기해주고 있습니다. 아이러니하게도, 세상에서 가장 살아가는 것이 버거워야 했을 작은 소년이, 우리들에게 큰 용기와 희망을 주고 있습니다. 우리들이 얼마나 강렬한 빛을 가지고서, 축복받은 삶을 살아가고 있는지 깨닫기를 바라면서 그는 자신의 희망과 소망을 담아 노래했습니다.

이제 우리들의 차례입니다.
경원이가 우리에게 알려주었던 빛을, 모든 방향에서 아낌없이 비추어 쏟아준다면 경원이가 가진 그림자는 점차 자취를 감추게 될 것입니다. 그리고 그 첫 걸음이 바로 여기에서 시작되고 있습니다.
『세.상.에.서. 가.장. 값.진. 보.석.』

* 이 글은 경원이 앞에서 용기를 내지 못했던, 한 교사의 고백이기도 합니다.
진정 용기로 가득했던 경원이에게, 다시 한 번 고맙다고 말하고 싶습니다.

경원이에게 묻다
Part 1. 시인 김경원

재하: 안녕하세요, 인터뷰를 하게 되었는데 일단 본인은 어떤 시인인지 좀 소개해주시겠어요?

경원: 저는 조대부고에 다니는, 동물을 좋아하고, 시 쓰는 것을 좋아하는 김경원입니다.

재하: 시를 쓰시는 걸 좋아한다고 하셨는데, 시를 언제부터 썼나요?

경원: 어, 중학교 3학년 때부터 썼습니다.

재하: 시를 쓰는 게 쉬운 일은 아닌데, 시를 쓰는 이유가 있나요?

경원: 시를 쓰는 이유는 내 삶이랑 내 감정? 그런 것들을 글로 표현해보고 싶었어요.

재하: 그럼 시를 쓸 때 그런 감정을 표현할 때 조금 도움이 되는 것이 있지 않나요? 사랑의 경험이라든지, 이별의 경험이라든지 그런 게 있으면 이야기해주겠어요?

경원: 음, 이별은 참 많이 했었는데 행복재활원에서 이별했던 경험, 어렸을 때 살던 영신원에서도 이별했던 경험, 또 부모님과도 이별했었고…….

재하: 아 그런 아픈 이별의 경험들이 시를 쓰는 데 도움이 되었던 건가요?

경원: 네.

재하: 그러면 혹시 가장 좋아하는 시나 아니면 시인이 있나요?

경원: 시인은 도종환 시인과 나태주 시인을 좋아하는데요. 그중 특히 도종환 시인의 「흔들리며 피는 꽃」과 나태주 시인의 「풀꽃」이라는 시가 제 마음에 와 닿습니다.

재하: 그 시가 왜 와 닿은 건가요?

경원: 일단 그 시들이 제 삶의 패턴과 닮았다는 생각이 들더라고요. 그래서 아마 그 시들이 가장 마음에 와 닿았던 것 같아요.

재하: 음 그러면 기성 시인의 작품 말고 본인의 시 중에서는 어떤 시가 마음에 드나요?

경원: 음, 「세상에서 가장 값진 보석」과 「배움」 그리고 「내리는 첫눈처럼」이라는 시가 가장 좋은 것 같습니다. 제가 봤을 때는……. (웃음)

재하: 많은 시를 썼는데 그 시들을 택한 이유는 무엇인가요?

경원: (웃음) 뽑은 이유는 마치…… 누군가와 함께 나누고 싶은 사랑 이야기랄까?

재하: 사랑 이야기가 이 시들을 선택한 이유였군요. 이제 시에 관한 마지막 질문을 드리도록 하겠습니다. 김경원에게 '시'란?

경원: 나에게 시란 '신이 내려주신 선물'입니다.

Part 2. 학생 김경원

재하: 김경원 학생은 장래 희망이 어떻게 되나요?

경원: 제 장래 희망은 아쿠아리스트입니다.

재하: 아, 아쿠아리스트요? 아쿠아리스트는 어떤 직업인가요?

경원: 아쿠아리스트는 대형 수족관에서 해양생물을 보살피는 일을 하는 직업인데요. 해양생물과 공연도 하고 훈련도 시키는 그런 직업입니다.

재하: 그 직업을 장래 희망으로 삼고 계신 이유는 무엇인가요?

경원: 얼마 전에 TV 동물농장이라는 프로그램을 봤는데 그 프로그램에서 많은 동물들이 멸종해가고 있다는 사실을 알았어요. 특히 해양생물들의 상황이 심각하다는 것을 알게 됐는데 그 사실이 매우 가슴 아파서 해양생물들에게 도움이 되고자 진로를 아쿠아리스트로 정하게 됐어요.

재하: 학교생활 하면서 가장 좋은 점이나 재미있는 부분은 무엇이 있나요?

경원: 제가 가장 좋은 점은 친구들과 함께 있는 게 제일 좋은 것 같아요.

재하: 학교생활 하면서 좋은 점도 있지만 힘든 점도 있을 것 같은데 어떤 부분이 좀 힘든 부분인가요?

경원: 어렵고 힘든 점은 공부하는 패턴이 보통 친구들과 다른 점, 그래서 수업을 따라가기가 어려워요. 그 점이 가장 힘든 부분인 것 같아요.

재하: 그렇다면 학교에서 수업 외적으로 힘든 부분은 없나요?

경원: 그건 없는 것 같아요.

재하: 여러 가지 질문에 답변해주어서 고맙습니다. 이상으로 인터뷰를 마치도록 하겠습니다.

* 인터뷰 진행 및 정리 조선대학교부속고등학교 3학년 3반 김재하

작은 시인 경원이에게

조대부고 친구들과 선생님들

나에게 자신감을 심어준 경원이의 시

「세상에서 가장 값진 보석」이라는 시를 읽고 자신감이 많이 없어진 내가 자신감을 얻게 되었고, 경원이에 대한 인상까지 바뀌게 되었다. 경원이는 몸이 많이 불편하지만 나보다 더 의미 있는 삶을 살고 있는 것 같고, 배울 점이 많은 친구라는 것을 느끼게 되었다. 앞으로도 주옥같은 시를 많이 썼으면 좋겠고, 항상 밝은 모습을 간직했으면 좋겠다.

– 권병현 (1학년 때 학급 친구)

실수한 일, 재미 있었던 일, 슬픈 일들이 새록새록 떠오른다

경원이의 시들을 읽고 있으면 친구나 가족들에게 실수한 일, 재미있었던 일, 슬픈 일들이 새록새록 떠오른다. 특히 최근에 엄마에게 너무나도 큰 실수를 저질렀는데 엄마는 그저 '나는 너를 믿는다.'는 말씀만 하셨다. 경원이가 쓴 「엄마에게」라는 시를 읽고 엄마를 다시 보니 엄마께서 왜 그런 말씀을 하셨는지 이제 내가 엄마에게 해야 할 행동이 무엇인지 알 수 있었다.

– 남관우 (1학년 때 또래 도우미 친구)

좋지 않은 기분을 모두 풀어 버리게끔 해주는 아름다운 시

경원이의 시를 읽어보니 경원이에 대해 모르는 부분도 알게 되었고 최근에 별로 좋지 않은 기분을 모두 풀어 버리게끔 해주는 아름다운 시였다. 시를 읽다보니 항상 웃는 얼굴로 인사해주는 경원이의 얼굴도 떠올랐다. 나의 친구 경원이가 앞으로도 이렇게 멋진 시를 적으며 행복하게 살아가면 좋겠다. 김경원 파이팅!

– 김건 (1학년 때 학급 친구)

다른 사람을 배려하며 사랑할 줄 아는 경원이의 마음

'시'라는 것은 오랫동안 읽어야 마음에 와 닿을 수 있다고 생각했기에 별로 좋아하던 분야가 아니었지만 경원이의 시집을 읽고 생각이 바뀌게 되었다. 사랑, 그리움, 우정, 감사 등 여러 감정이 들어 있는 시들을 읽으며 최근 소원해졌던 인간관계를 다시 한 번 생각해보는 계기가 되었으며 경원이 마음속 감성의 풍부함을 알게 되었다. 어떤 상황에서도 다른 사람을 배려하며 사랑할 줄 아는 경원이의 마음이 오래오래 지속되고 이런 마음씨를 다른 사람들이 본받기를 바란다.

– 김원종 (1학년 때 학급 친구)

나도 이런 사랑을 하고 싶다

작년부터 경원이를 봐왔었는데, 항상 웃으며 생활하는 친구로 기억이 남는다. 하지만 시를 읽으며 시에 담긴 많은 슬픔을 느낄 수 있었다. 뿐만 아니라 사랑과 놀라움, 즐거움 등 경원이가 느끼며 생각하고 있는 많은 감정과 생각이 잘 담겨 있어서 경원이의 생각이 잘 전해졌다. 시 중에는 「야경」이라는 시가 기억에 남는다. 시에서 느껴지

는 사랑이 흔히 학생들이 하는 옅은 사랑이 아니라 정말 로맨틱하고 깊어서 나도 이런 사랑을 하고 싶다고 느끼며 시에 빠졌었다.

– 한동균 (2학년 때 학급 친구)

너 또한 그대로도 괜찮다는 걸

가끔은 '공부'라는 틀에 갇힌 나보다 더 자유롭고 행복하게 사는 경원이의 삶이 부럽기까지 하였다. 그런 경원이를 보면서 앞으로 경원이가 시 쓰는 것을 비롯하여 자신이 좋아하는 것을 할 수 있도록 제도나 환경이 계속해서 뒷받침되었으면 좋겠다는 생각을 하였고 이 시집의 출간이 그 시작이 되었으면 좋겠다. 마지막으로 시집 속에 있는 「그대로도 괜찮아」란 시의 한 구절을 경원이에게 다시 바친다.
'나는 비록 넘어지지만 너로 인해 툭툭 털어낼 수 있어 감사하며 너 또한 그대로도 괜찮다는 걸'

– 박재홍 (2학년 때 학급 친구)

다른 사람의 아픔까지도 보듬으려는 경원이는 이미 시인

경원이의 시 중 「엄마에게」는 학교에서도 경원이에 대해 잘 알지 못하고 읽었을 경우, 평소에 웃음이 많고 밝았던 경원이가 사실 내면에 있는 슬픔으로 인해 읽는 사람도 슬퍼질 만큼 흡인력을 가진 작품이다. 경원이 특유의 기교 없이 담백하며 진솔한 문장 안에서 느껴지는 섬세한 감정 표현은 보는 이의 감탄을 자아낼 만큼 완벽한 시이고 감동적인 노래였다. 자신의 아픔을 표현하여 다른 사람의 아픔까지도 보듬으려는 경원이는 이미 시인이다.

– 김준호 (2학년 때 학급 친구)

경원이의 시가 교실을 채워나갈 때마다 감사

사랑, 감사, 겸손, 우정 같은 추상적 개념이 짧은 글 하나로 사람의 마음에 와 닿을 수 있을까? 평소 시에 대해 갖고 있던 이러한 생각이 바로 경원이에 의해 180도로 바뀌었다. 고3 생활을 하며 잠시 동안 잊고 있었던 감성과 주변에 대한 관심이 나와는 다른 경험과 시각을 가진 경원이의 작품이 하나하나 우리 반 교실 한 면을 채워나갈 때마다 나도 모르게 사소한 것에 대해 감사하며 의미를 부여하고 있는 자신을 발견할 수 있었다. 시 하나에 어쩌면 평생 알지 못했을 사람의 마음을 감동시키고 움직이게 한 힘이 있다는 것을 비로소 깨달았다.

– 김승관 (3학년 3반 학급 친구)

우리들에게 자신을 되돌아보는 계기

그저 평범해 보이는 일상들 같지만 그 시의 문장 하나하나에서 각각의 의미를 찾아내는 것을 보며 놀랐다. 또한 모두를 자신만의 세계 안으로 초대하는 듯한 느낌을 받으면서 자신의 삶에 만족하지 못하는 우리들에게 자신을 되돌아보는 계기와 자신을 소중하게 생각하는 계기를 주고 추상적인 개념들을 자신만의 아름다운 시로 표현하는 것이 부러웠다.

– 임성환 (3학년 3반 학급 친구)

경원이의 시를 읽는 것은 나의 일상

1학년 때 처음 경원이의 시를 읽고 그대로 팬이 되었습니다. 경원이의 시에는 사람의 마음을 울리는 무언가가 있기 때문입니다. 경원이는 친구들과 가족에 관한 시부터 4·16 세월호 참사를 추모하는 시까지 다양한 소재로 감정을 표현합니다. 3학년이 된 지금도 경원이의 시를 읽는 것은 저의 일상입니다. 경원이의 시를 읽으며 때론 반성하기도 하고 위로받기도 하고 웃음을 짓기도 합니다. 경원이를 만나 경원이의 시를 읽을 수 있다는 것은 제 인생의 큰 행운인 듯합니다.

– 김재하 (3학년 3반 학급 친구)

우리가 무심히 지나쳤던 것들에 대한 경원이의 시선

경원이의 시를 읽으며 우리가 소름 돋는 이유는 경원이의 시는 단순히 언어의 아름다움을 나타내는 것이 아닌 자신의 마음을 담았기 때문일 것이다. 시를 쓰다보면 남들과는 다른 시각을 가지고 자신의 생각을 쓰게 되는데, 경원이의 시에서는 그러한 자신만의 생각이 드러난다. 우리가 무심히 지나쳤던 사물들, 자연, 사람들이 경원이의 시선에서는 의미 있고 가치 있게 보는 대상이었다는 것, 그것이 경원이의 시가 많은 사람에게 읽힐 수 있는, 읽어지는 이유라 생각한다.

– 김종진 (3학년 3반 학급 친구)

나에게 주어진 이 임무를 최선을 다해야겠다는 생각

소설이 아닌 책을 처음 받아보면 나는 뒤에서부터 앞으로 한 번 훑는다. 말하려고 하는 것이 분명해지기 때문이다. 그리고 경원이의 시집을 읽을 때도 역시나 뒤에서부터 펼쳤다. 그중에 「체육 대회」라는 시가 눈에 띄었다. 시 속에서는 친구들이 열심히 응원하고, 뛰고, 맛있는 걸 나눠먹고, 추억을 나눈다. 경원이가 친구들을 바라보는 모습은 행복하고 긍정적인 면들이었다. 그리고 몇 쪽을 더 앞으로 넘겼을까, 「부러움」이라는 시가 보였다. 마지막 두 연. '나는 약하지만/ 당신은 강해서 정말 부럽고// 오늘도 그런 당신을 부러워합니다' 이것을 읽고 과연 내가 부러움의 대상이었는지, 나도 누군가를 부러워하는 사람인지 다시 생각해보게 되었다. 시집을 다시 읽으며 나에게 주어진 이 임무를 최선을 다해야겠다는 생각을 하게 해준 두 편의 시였다.

– 이성채 (3학년 옆반 친구)

경원이는 내 제자이면서 내 인생의 스승이다

작년 9월경부터인가 항상 청소 시간이면 불편한 몸과 어눌한 말투로 교무실에서 와서 선생님들께 인사하는 아이를 보았다. 그리고 가끔은 저녁 식사 시간에도 교무실에 와서 내게 예쁜 모습으로 "교감 선생님, 안녕히 계세요." 하면서 인사를 하곤 하였다. 그때는 단지 그 아이가 도움실 아이구나, 인사성이 밝구나 정도만으로 생각하였다. 3학년으로 진급하여 담임 선생님께 "경원이 잘 생활하나요?"라고 안부를 전하니 담임 선생님께서 "교감 선생님, 이거 한번 보세요." 하면서 종이 한 장을 주는데, 그것이 착한 경원이의 시였다. 평소에도 월요일 아침이면 식탁에서 이해인 수녀님의 시를 읽고 식사하면서 마음을 정화하곤 해서, 시는 늘 내 생활의 활력소였다. 경원이의 시 「엄마에게」를 읽으면서 '얼마나 엄마가 보고 싶으면 이런 마음을 글로 남길까?' 생각하게 되었다. 그리고 그날 이후로 경원이의 시에 대하여 관심을 갖고 근무하는 게 일상이 되었다. 매일매일 경원이는 시를 들고 내게 다가와 "교감 선생님, 제가 쓴 시에요." 하면서 내밀곤 한다. 경원이의 시는 이 세상을 원망보다 사랑으로, 미움보다 배려로, 불평보다 감사로 살아가게 하는 시인 것 같다. 더욱이 우리가 시인의 마음을 알고 시를 읽을 때 더욱 그 시를 사랑하게 되듯이, 경원이의 시는 우리가 이 세상을 어떻게 살아야 할 것인가를 말해주는 천사의 말인 것 같다. 경원이는 내 제자이면서 내 인생의 스승이다. 경원이는 나의 천사이고 우리 아이들에게는 삶의 감사를 느끼게 하는 친구이다.

– 장병훈 교감 선생님

솔직하고 담백하게 독백하듯이 써 내려가는데, 그게 더 큰 감동

경원이가 나에게 온 지 어느덧 3년이 되었다. 경원이는 내 교직생활에 있어서 가장 소중하고 아픈 새끼손가락이다. 경원이의 성장 과정과 그 과정에서 겪은 고단함을 잘 알고 있기에 경원이의 시를 읽으면 가슴 한 켠이 아프고 뭉클해진다. 경원이는 정형화된 기성 세대의 시 형식이 아닌 솔직하고 담백하게 독백하듯이 써 내려가는데, 그게 더 큰 감동을 준다. 경원이에게 시를 쓰는 이유를 물으면 '자신의 마음을 글로 표현하고 싶어서'라고 한다. 약간은 어눌하고 느린 말투로 자신의 감정을 남들에게 말하는 것보다 글로 표현하는 게 더 편하고 쉬울지도 모르겠다. 경원이가 언제까지 시를 쓸지 모르겠지만 경원이의 앞날에 '시'라는 존재가 자신의 마음을 가장 솔직하게 표현할 수 있는 친구이자 소통 창구가 되기를 언제나 응원하고 기도한다.

– 특수학급 정예림 선생님

작은 체구에서 나오는 식지 않는 열정과 따뜻한 감성

수업시간에 가장 환한 얼굴로 대해주는 경원이 덕에 항상 힘이 생긴답니다. 작은 체구에서 나오는 식지 않는 열정과 따뜻한 감성은 주위를 환하게 만드는 에너지인 것 같습니다. 앞으로도 세상에 따뜻함을 전하고 일깨워주는 사람으로 성장하길 응원하겠습니다. 경원아~ 파이팅!

– 변은주 선생님

영혼을 깨끗하게 만들어주는 천사 같은 존재

처음 경원이를 보았을 때 걱정이 앞섰던 기억이 나네요. 몸도 정상이 아니고 마음에 상처도 있는 경원이를 어떻게 대해주는 게 나을까 하고 고민이 되었습니다. 그런데 막상 하루하루 생활해가면서 제가 경원이에게 준 것보다는 경원이로부터 받은 게 훨씬 많았던 것 같습니다. 경원이를 보고 있으면 나태한 제 자신의 삶을 뒤돌아보게 되고, 순수함을 잃어가는 제 모습이 부끄러워지는 느낌을 받아서 더욱더 마음을 깨끗이 하려고 애썼던 것 같습니다. 경원이는 한마디로 하면 제 영혼을 깨끗하게 만들어주는 천사 같은 존재여서 경원이를 만난 건 행운과도 같은 일이라 여기며 감사하고 있습니다. 경원이의 밝은 미소가 항상 그리울 것 같습니다.

– 1학년 담임 신유철 선생님

경원이의 시를 읽으면 눈물이 맺히고 가슴이 뭉클

경원이의 시는 힘든 고3 담임 생활을 버티게 한 '별빛'입니다. 경원이가 "선생님, 저 시 썼어요." 하고 환하게 웃으면, 저도 따라 웃게 됩니다. 경원이의 시를 읽으면 눈물이 맺히고 가슴이 뭉클합니다. 그리고 내 자신을 반성하게 됩니다. '경원아, 나에게 와줘서 고마워. 사랑한다. 김. 경. 원.'

– 3학년 3반 담임 안봄 선생님

경원이와 같은 후배가 있다는 것은 제게 큰 행운이요 자랑

경원이와 저는 여러모로 닮았습니다. 장애를 갖고 살아간다는 것뿐만 아니라 아담한 키, 잘생긴 얼굴, 수줍은 성격까지 말입니다. 그래서 경원이의 시를 보면 고등학생 시절의 저를 만나게 됩니다. 모교에 특수학급과 경원이와 같은 후배가 있다는 것은 제게 큰 행운이요 자랑입니다. 경원이의 시는 제법 흥미롭습니다. 자신의 속살을 드러내는 진정성을 바탕으로 일상의 이야기가 수채화처럼 펼쳐져 있습니다. 자신의 삶에 대하여 글을 쓴다는 것은 상당한 용기를 필요로 합니다. 시를 쓰는 용기야말로 경원이의 삶을 기대하게 만드는 힘이라 생각됩니다. 시를 통해 세상과 미래를 향해 디딤돌을 놓아가는 경원이를 응원합니다.

– 김용목 목사님 (실로암사람들 대표 / 조대부고 31회 졸업)

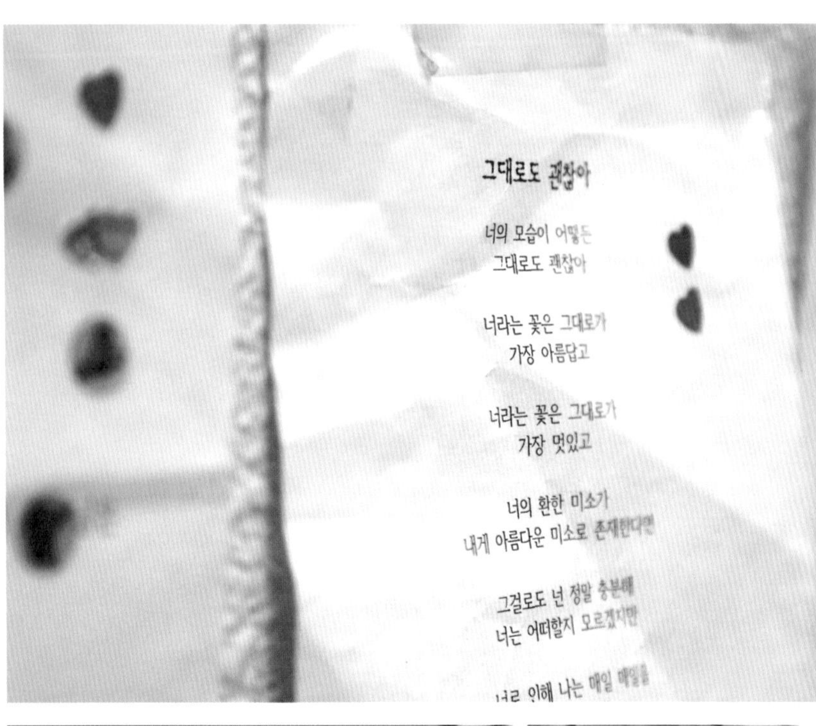
그대로도 괜찮아
너의 모습이 어떻든
그대로도 괜찮아
너라는 꽃은 그대로가
가장 아름답고
너라는 꽃은 그대로가
가장 멋있고
너의 환한 미소가
내게 아름다운 미소로 존재한다면
그걸로도 넌 정말 충분해
너는 어떠할지 모르겠지만
인해 나는 매일

new balance

Daum 스토리펀딩 '널 위해 우리는 별이 될 수 있을까'

후원자님들

2만원 이상

강수정
강수훈
강현미
강현정
강혜영
고바라기
고선화
고연진
고은영
고정숙
곽정화
구슬
군군신신
권미영
권민지
권성경
권옥윤
김건희
김경미
김경순
김경순
김경원 파이팅
김경주
김광란
김광은
김나영
김도윤
김명숙
김미경
김미선
김미연
김민경
김민정
김민하
김복영
김샛별
김선아
김선예
김선현
김성훈
김수미
김수암
김수영
김수영
김순태
김승지
김여진
김연수
김연진
김영미
김영범
김영욱
김영주
김영지
김오순
김용목
김우성
김유나
김윤숙
김은미
김은진
김인숙
김인정
김자연
김정미
김정아
김정은
김정희
김종민
김종채
김지영
김지영

김창숙
김철원
김청연
김태균
김태형
김현선
김현성
김현성
김형미
김혜린
김혜자
김효진
김희경
김희정
김희태
나나나
나민애
나영심
나효진
남윤숙
남인순
남재민
남현민
노별
노병하
딜
롤링스톤
류선덕
마은성

마은호
명재희
모니카
모란
문두열
문미경
문숙영
문재주
문종오
문해화
문형진
민희진
바람난 달팽이
박강현
박경희
박광수
박광훈
박귀영
박규태
박기홍
박남준
박명희
박미자
박서연
박성미
박성원
박소연
박소연
박수기

박수미
박안수
박연옥
박연화
박영선
박영환
박우혁
박윤주
박은성
박은영
박은정
박인자
박인혜
박재일
박정옥
박정익
박정희
박준혁
박지연
박현주
박희주
방두종
배성렬
배시현
배은하
백성현
백은경
백학
변현주

본성주
비앙
비에청춘
사랑과 배려
산
서미란
서원종
서창원
성기현
소월
손여주
손유진
송유미
송인혜
송중열
송지현
슈퍼우먼 포에버
신기돈
신대섭
신미영
신비혜
신상효
신성심
신성영
신소영
심경원
심윤화
심은미
안녕 자두야
안병호
안봄
안영초
안정현
안정희
안지영
안현주
양경아
양근탁
양미경
양민영
양은수
양지민
양혜숙
여름하늘
여혜순
옆집갤러리
오광택
오문숙
오선숙
오은숙
우병희
울산중구종합사회복지관
위보배
위종량
유난규
유민정
유선형
유유현
유정혜
유지선
윤복희
윤성혜
윤시원
윤영덕
윤형식
이경상
이경찬
이경화
이경희
이국형
이규연
이규연
이근창
이나현
이루지
이명규
이명진
이미순
이미정
이보람
이사벨라
이상헌
이수민
이승준
이아림
이아현
이안나

이예서
이우영
이원섭
이유라
이은미
이은서, 이수민
이은선
이은아
이은주
이은희
이재하
이정곤
이정남
이정아
이주현
이주형
이진영
이태송
이향림
이현경
이형만
이호분
이효순
이희웅
임미선
임숙희
임아영
자수
장미애

장민주
장병훈
장석진
장세화
장재길
장준기
전남주
전은정
전정숙
전정욱
정남현
정동현
정미조
정민용
정병화
정분예
정수영
정수정
정애진
정영미
정영임
정예림
정옥연
정유숙
정인길
정일기
정현주
정혜숙
정혜원

정희락
조대부고 3학년 학생들
조대부고 3학년실 담임
선생님들
조상미
조성희
조숙미
조재희
조정아
조정희
조주혜
조주혜
조춘화
조현영
조혜경
주연규
주원재
지리산
지범
진경희
차미정
채성녀
초록물고기
최경옥
최국진
최다희
최미영
최선규
최선영

최성수
최수영
최숙현
최순
최승혜
최신애
최욱현
최윤정
최은정
최인영
최인지
최정의팔
최준
최하성
푸르매
푸른감람나무
프리한걸
학동 동네 할머님
한명수
한미경
한미선
한상욱
한선영
한선미
한연섭
한준서
한희수
함예림
햇님고구마
허도원
허민정
허지희
혜림가람빈은
호정수관장님
홍경욱
홍민애
홍상기
황경미
황지후
효이미
훈민관
히리아
akggb1004
carl
fall to fly
garnet2444
Gloria
Guyver
hachii
ines
Jooeun Lee
Julia
pari1521
rolling stone
sds5160284
Suyoung Jeong
wlgnaka

특별 통큰 후원

광주 MBC 김영범, 김철원 기자님(2016년 5·18언론상 취재보도 부문 상금 전액)

이미숙

최국진